AF348166

ODE

A LA FRANCE

A L'OCCASION DE LA PAIX CONTINENTALE.

Texte italien, suivi de la traduction.

A BONAPARTE.

Je mets un tableau rapide des exploits français aux pieds du grand homme qui brille au premier rang parmi tant de héros. Puisse ce petit ouvrage mériter un de vos regards à ma patrie, qui vous crie sans cesse : *C'est de toi que dépend le destin des Nations, et je suis la fille aînée de ta valeur.*

Respect et entier dévouement,

BUTTURA, *Cisalpin.*

ALLA FRANCIA

CANZONE.

1.

Francia, madre d'eroi,
Or che di lauro e ulivo t'incorona
Gloria adducendo la smarrita Pace;
Qual delle palme tue, de' figli tuoi
Porterò nel mio vol? No, d'Elicona
Non è cultor chi vede il merto, e tace.
Tu che, rotto il mio pino, al mar mi togli,
Guidi in porto, e nel tuo materno seno
E m'inviti e m'accogli,
Prendi in volto sereno
Quest' inno che di te canto agli onori,
L'onde castalie eternano gli allori.

2.

La tela, ove le prede
Pingi, che al ferreo involi alato Vecchio,
O musa, al caldo imaginar dispiega.
S'alza, ecco, Francia! Ha sui diademi il piede

Tiene una man di Verità lo specchio,
Abbatte l'altra la feroce lega.
L'idra non favolosa, ai colpi, ai lampi,
Con nuove teste invan sibila e rugge.
Là dell' onor ne' campi
Muor Tirannide, o fugge:
Qui dal gran lume il Fanatismo vinto
Cade, e morde il pugnal di sangue tinto.

3.

Vedi alla Franca Donna
Far cerchio i prodi! Ecco a *Fleurus* Giordano!
Scende Vittoria, il bacia, e lo saluta,
Della nuova Republica colonna.
Vedila al gran *Moreau* stender la mano!
Nè, al cangiar di fortuna, ella si muta;
Ma il segue, o d'Austria in sen tonando ei vole,
O arretri, e tutta del Germano impero
Su lui piombi la mole.
Vè il Ren, già tanto altero,
Che curva ai cenni del guerrier la fronte,
E gli fa degli algosi omeri ponte!

4.

L'alpi varcar, dar leggi
Al piemontese ed al lombardo lido,
Fiaccar del re de' fiumi il corno audace,
Porsi al piede i regali Itali seggi,
E l'Aquila cacciando entro il suo nido
Sospinger l'asta, e comandar la pace;

Volar su l'onde intente al gran tragitto;
E ferir l'avid' Anglia appresso al core
Correndo il vinto Egitto ;
Non è che il primo albore
Annunziator de l' astro, al cui bel lume
Sugli altri il secol nuovo alza le piume.

5.

Ma quai delitti !.... Ah copra
Qui Clio la tela, ove trionfa Aletto.
Chi dirà come, o Italia mia , di pianti
Su te un nembo s'aperse ? o come sopra
De' ministri di pace al sacro petto
Strada fersi al pugnar cavalli e fanti ?
Come *Joubert* cadendo immerse in duolo
E la sposa e la patria ; e di quali orme
Calcaro il Franco suolo
Russe e tedesche torme ;
E qual guasto l'avrebbe orrida piena ,
Se non fea del suo petto argin Massena ?.

6.

De' Goti il Pò gli esempi
Rinnovellar vedendo , al ciel la voce
Alzò, e le luci d'atro pianto asperse.
La Senna , sospirando , i gravi tempi
Paventò de la pazza ira feroce ,
Che d'innocente sangue la coverse.
Ambo i fiumi più rapida volgendo
L'onda , fean voti al mar , doleansi al mare.

Nettun , dall' acque uscendo,
Ecco, ecco, esclamar pare,
La comun speme ! E la felice antenna
Con la man spoglia del tridente accenna.

7.

Ecco il fatal naviglio !
Scende nube , e di se fa grembo in guisa,
Che a noi l'adorna ed al nemico il cela.
Sovr'alta poppa è della Gloria il figlio.
Sta Prudenza al temon ; Fortuna, assisa
Su le penne de' venti, empie la vela.
Cantano, e 'l seno sporgendo da l' onde
L'eburnee braccia le Nereidi stendono,
E alla prora, alle sponde
Serti di perle appendono ;
Altri *all' italo Duce*, hann' altri scritto,
Al Franco Genio , al Vincitor d'Egitto.

8.

Ecco l'alba , ecco il velo
'Atro svanir che la discordia stese !
Ecco apparir la desiata stella !
Vè di speme brillar l'italo cielo !
E la china e sfrondata arbor francese
Vedi rizzarsi e rinverdir più bella !
Innanzi al domator d'Elvezia (1) prega
Concordia la Vandea, sgombra il Britanno :

(1) Brune.

Sul Ren l'orgoglio piega
Al tenace Allemanno
Colui (1) che vince or gli Alessandri, come
Oscurò pria de' Zenofonti il nome.

9.

Non costò al Grande, al Forte
Il liberar la serva itala figlia,
Che un raggio del pensier, de l'armi un lampo.
Fama ancor era su le cozie porte,
Voci obbliando e vol per meraviglia,
Quand'ei disperse di Marengo il campo.
Indi in man ferma, a dar la pace intento,
Leghe e trame rompendo, il patrio freno,
Tenne, or ristretto, or lento.
Così immoto e sereno,
Dissipa i nembi, le stagioni alterna,
E de le sfere il Sol l'ordin governa.

10.

Segui, uom sommo; la speme
Empi del mondo; odi la Senna e l'Istro,
La Neva, e 'l Tago gridar, *pace*, *pace*.
Pace Albion pur brama. Armi sol freme;
Sol del pianto comun lieto un ministro
Scuote di Marte l'abborrita face.
Tal, mentre opaca nube si distende,
E mugge, e pioggia e grandine minaccia;

(1) Moreau.

Chi 'l nido, o 'l chiuso prende ;
Chi nel covil si caccia ;
Sol pel lido si spazia, e la procella
La rea cornacchia gracidando appella.

II,

Ma chi schiara la bruna
Aria al mio sguardo ? E qual nuov' astro sorge
Da Luneville a illuminar la terra !
Giunto è il senno al poter. L'angla fortuna
Già crolla e cade : e già Francia si scorge
Cacciar dal mondo ammirator la guerra,
Dar bando eterno agl' infelici eventi,
E da l'alto chiamar sovra aurate ali
Il destin delle genti !
Ben par che guerra e mali
Abbia al vivere umano il ciel legato ;
Ma prudenza e valor dan legge al Fato.

BUTTURA,

Già professore italiano nel pritaneo di S. ciro.

O D E

A LA FRANCE.

1.

O FRANCE ! mere des héros, lorsque la gloire, tenant par la main la paix si long-tems égarée, te couronne d'olive et de laurier, laquelle de tes palmes, lequel de tes enfans éleverai-je sur mes aîles ? Non, il n'est pas le digne élève des Muses, celui qui, à l'aspect du mérite, garde le silence. O France ! toi qui, voyant mon vaisseau brisé, m'enlèves aux écueils, m'amènes au port, m'invites et m'accueilles dans ton sein maternel, daigne sourire à l'hymne que je chante en ton honneur. Ce sont les eaux de Castalie qui éternisent les lauriers.

2.

Muse, que la toile où tu peins les larcins faits au tems, se déroule à l'œil ardent de l'imagination ! Je vois la France qui se lève ! Foulant au pied les diadêmes, elle montre, d'une main, le miroir de la vérité ; de l'autre, elle abat la coalition : hydre cruelle qui, sous les coups de l'épée, sous les éclats de la foudre, rugit en vain, et dresse, en sifflant, ses têtes nouvelles. Dans les champs de l'honneur, je vois fuir la tyrannie éperdue ; je vois le fanatisme, subjugué par la lumière, tomber et mordre son poignard teint de sang.

3.

Regarde tous ces preux qui entourent la patrie, objet de leurs amours ! Voilà *Jourdan à Fleurus !* La victoire descend, l'embrasse, et le nomme : *L'appui de la nouvelle République.* Observe ! elle tend la main au grand Moreau ! elle ne change pas avec lui, quand la fortune change ; mais elle le suit d'un pas égal, et lorsqu'il s'élance, comme la foudre, au sein de l'Autriche, et lorsqu'en se retirant, il soutient le corps immense de l'Empire germanique fondant sur lui. Vois-tu le Rhin, jadis si superbe ? Il courbe son front humilié aux ordres de ce héros, et lui fait un pont de ses épaules couvertes d'algue.

4.

Franchir les Alpes, donner des lois aux bords piémontais et lombard, abaisser les cornes audacieuses de l'Éridan, mettre à ses pieds les trônes de l'Italie, chasser l'aigle jusques en son aire, y fixer la lance et commander la paix ; voler bientôt.

sur les ondes étonnées de ce hardi trajet, blesser au cœur l'avide Angleterre, et parcourir d'un pas victorieux l'Égypte soumise : tous ces exploits ne sont que les premiers rayons du crépuscule ; ils annoncent l'astre, dont la splendeur va éclairer le nouveau siècle, et élever son vol brillant au-dessus de tous les âges.

5.

Mais, quels crimes!...... Ah ! Clio, couvre d'un voile ce tableau souillé par Alecton. O malheureuse Italie ! qui dira comment fondit sur toi un nuage de pleurs ? qui dira comment sur les cadavres sacrés des ministres de paix, cavaliers et fantassins se frayèrent un chemin aux combats ? O Joubert ! dans quelle douleur ta chûte plongea, et ton épouse, et la patrie ! De quel pied audacieux des bandes russes et allemandes foulèrent le sol français ! Quel horrible débordement l'aurait ravagé, si Massena n'eût opposé une digue insurmontable ?

6.

L'Eridan crut revoir l'inondation des Gots ; il leva au ciel sa voix et ses yeux noyés de larmes : la Seine désolée craignit de retourner à l'époque désastreuse, où la féroce terreur l'inonda de sang innocent. Ces deux fleuves, roulant leurs ondes plus rapides, adressaient leurs vœux et leurs plaintes à la mer. Neptune sortit des eaux : *Voilà,*

voilà, s'écriait-il, *notre commun espoir !* Et sa main, dépouillée du trident, indiquait la voile d'un vaisseau fortuné.

7.

Le voyez-vous le navire chargé de si grands destins ! Sur lui descend un nuage ; il l'entoure de manière à l'embellir à nos yeux, en le cachant à ceux de l'ennemi. Là, sur la poupe élevée, se tient debout le fils de la gloire ; la prudence tient le gouvernail ; la fortune, assise sur les aîles des vents, remplit la voile. Les Néréides, en chantant, sortent des eaux jusqu'à la ceinture, et alongeant les bras d'ivoire, suspendent à la proue et aux flancs du vaisseau, des couronnes de perles. Lisez-vous leurs inscriptions ! sur les unes, *à l'italique ;* sur d'autres, *au vainqueur de l'Égypte ;* sur celles-ci, *au génie de la France.*

8.

Cependant l'aube blanchit et perce le voile obscur étendu par la discorde ; la voilà l'étoile désirée ! elle paraît. Vois le ciel d'Italie briller d'espérance ! vois le chêne gaulois, dont le front dépouillé se courbait sans gloire, se relever et reverdir ! Ici, à la vue du vainqueur de l'Helvétie (1), la Vendée implore son pardon, et l'Anglais purge le sol français de son aspect. Là, aux bords du Rhin, l'au-

_____

(1) Brune,

dace obstinée du Germain est terrassée par celui (1) qui avait atteint la gloire de Xénophon , et qui, maintenant, efface celle d'Alexandre.

9.

Le grand héros rend à la liberté l'Italie, sa fille. Un rayon de sa pensée , un éclair de ses armes ont suffi. La renommée était encore sur la cime du Mont-Bernard , ayant oublié , dans sa surprise, ses cent voix et ses ailes , lorsqu'il dispersait le camp de Maringo. Puis, n'aspirant qu'à la paix , d'une main affermie, il arrête les complots et les ligues ; il saisit les rênes de l'état, les serre ou les relâche à propos : ainsi , immobile et serein , le soleil dissipe les nuages , règle le cours alternatif des saisons , et maintient l'ordre des sphères célestes.

10.

Poursuis, homme supérieur ; remplis l'espoir de l'Univers ; entends la Seine, et l'Ister, et le Neva , et le Tage, te crier : *La paix, la paix !* Albion elle-même veut la paix ; son ministre seul souffle, en frémissant, la discorde , et jouissant des pleurs de l'Europe, agite seul l'odieux flambeau de Bellone. Tel, lorsqu'un sombre nuage couvre le soleil et les cieux, et menace, en mugissant, de verser la pluie et la grêle, les animaux cherchent, l'un son nid,

(1) Moreau.

l'autre son bercail, l'autre sa caverne : seule, la funeste corneille se promène sur le rivage, et appelle, en croassant, la tempête.

II.

Mais qui déchire à mes yeux le voile épais de l'avenir ? quel est ce nouvel astre qui paraît sur Lunéville, et remplit la terre d'une lumière pure ? C'est la sagesse qui vient se joindre à la puissance. Je vois la fortune anglaise s'éclipser et tomber ! Je vois la France donner une paix solide à l'Univers étonné, exiler à jamais le malheur, et faire descendre sur des ailes d'or la destinée des nations. Le ciel, il est vrai, semble avoir attaché à la vie humaine les maux et la guerre ; mais la prudence et la valeur donnent des lois au destin.

BUTTURA;

Ex-professeur d'italien au Prytanée de Saint-Cyr.